Ich laufe los mit mir...

Gedichte

20 Jahre „literatur werk statt texte"

literatur werk statt texte
1. Auflage 2001

Herausgegeben von:
Literaturwerkstatt der
Volkshochschule der Stadt Biberach
88400 Biberach a.d. Riß, Schulstr. 8

Herstellung:
Books on Demand GmbH
ISBN 3-8311-2697-6

Umschlaggestaltung: Heidi Danner u. Wolfgang Baumbast

Inhaltsverzeichnis

Heidi Danner

Rolf Holzapfel

Monika Krüger

Bettina Lindner

Edith Lückert

Winfried Moosmann

Wolfgang Nachbauer

Gerhard Pahl

Rosi Raab

Petra Schefold

Sandra Single

Susi Stigler

Wolfgang Weigelt

Gedichte

20 Jahre Literaturwerkstatt

Mai 2001

Seit 1981 ist die Literaturwerkstatt der Volkshochschule Biberach in ununterbrochener Reihenfolge offen für Kursteilnehmer, die mit dem Schreiben anfangen oder darin erfahren sind. Sie ist eine der am längsten bestehenden Werkstätten Deutschlands und bietet eine breite Basis für Schreibende jeder Stilrichtung.

Aus Anlass des 20jährigen Bestehens wurden Arbeiten gesammelt, gesichtet und gewichtet, um sie im Rahmen der Veröffentlichungsreihe „literatur werk statt texte" als Textsammlung herauszubringen. Schnell war klar, dass die Fülle des Materials das Fassungsvermögen eines einzelnen Bandes sprengen würde. So reifte der Entschluss, in zwei verschiedenen Werken den Gattungen Prosa und Lyrik einen eigenen Raum zur Verfügung zu stellen.

Herausgekommen sind zwei Anthologien, die unter den Titeln: „Wir wollten nur die Wahrheit schreiben" (Prosa) und „Ich laufe los mit mir..." (Lyrik) nunmehr der Öffentlichkeit vorgestellt werden.

Wolfgang Baumbast

Brigitte Armschat

Abgeschirmt in Frühlingsfülle

Nun füllt sich das Fenster zum Garten
mit diesem Leicht aus- rose´-
fernöstlicher Blütenzauber
-frühlingszart-

Verpasst

den Augenblick der Verwandlung
mitten im Frühlingslicht
oder
-in mondheller Nacht-
War es das Lau eines Nieselregens
das dieses dunkle Trist fortwusch
um tauklare Kristalle zu verzaubern
in
- rauschende Blüten-

Umspült

von der Aura
japanischen Blütenzaubers
schwimme ich in
Sehnsuchtsbildern
-rosa pastell-
Schwemmt mich das
Blütenmeer
von sanften Wogen getragen
in
-schneeweißen Sand-
Fächert der Kirschblütenwind
mir
-Inselträume-

Der Wind

Es ist der Wind
diese unsichtbare Gestalt
doch die Bäume reden mit ihm
Erzählen und lauschen
Unendliche Worte wehen dahin
-unverstanden-

Septemberblauer Horizont

Fort ist der Sommer
fort
Sonnenumfangene Tage
und raumlose Weiten
Der Sommer hat das Land verlassen
und mit seinen Sinfonien zieht
ein lichtdurchtränktes Blau
Es ist anders draußen
Die Landschaft trägt ein neues Kostüm
in
altvertrauten Farben
Sein Leuchten füllt die herbstlichen Tage
unter
septemberblauem Horizont

Zukunft

Zukunft
ausgemalt zu einem Gemälde
mit den Farben der Jugend
Es hängt an Fäden der Liebe
über offenem Kamin
Die Flammen des Feuers
lassen Raum den Träumen
lassen Raum der Erinnerung
Noch die Glut
gibt einen Funken Wärme
legt Rauch
über das Gemälde der Zukunft

Zeit

Unsichtbar
das Gerüst der Zeit
vor
fassadenlosem Raum
Raum ist Sein
doch unantastbar
Fühlbar
spürbar
greifbar nicht
Weder Frühling
noch Sommer
weder Herbst
noch Winter
Mauernlos frei
wiederkehrend
durch
das Gerüst der Zeit
vor
fassadenlosem Raum

In Zeichensprache der Winterbaum

Starre
bizarre Gestalten
stehen dem Winter
geduldig Modell
Verstummt
ist ihr Flüstern
dem ich unlängst
noch lauschte
eiskalte Nächte
trugen es fort
In noch
flüsternder Pose
erstarrt
schweigt der Baum
seine Botschaft
in den
eisblauen Winterhimmel

Wolfgang Baumbast

Künstlergespräche

Ist es nicht so,
sprach W. zu L.,
dass die Zeiten des Friedens
schwieriger sind,
als die des Krieges?
Das ist eine
sehr philosophische Frage,
antwortet L.,
und vielleicht
hast du sogar recht....
...die Zeiten sind gut,
man redet sie nur schlecht,
sagt M....
...das war immer schon so,
meldet sich V....
I can get no satisfaction...
summt die H.....
...wo liegt das Problem?
will R. wissen,
ihr seid alle o.k.
und ich wünsche mir nichts mehr,
als mit euch alt zu werden.

Utopia
oder
künstlers exil

der einsamste und gottverlassenste fleck
deiner pubertierenden seele

lässt dich gefangen nehmen
von klebrigen sirenengesängen
und süßen drogen
kiffst dich voll
mit bildern und fantasien
fühlst dich allmächtig
und erhaben
hast einen kick
am andern
vergisst die zeit

alles nur rausch
und lustvolles gesuhle
ohne jede substanz
keine pflöcke
keine nägel
keine bleibenden werte
keine wahrheit
keine wahrhaftigkeit
kein jahresring
um einen harten splint
eben nur
psychedelischer wahn
im niemandsland

vollendet

zigmal
gebeugt, gebrochen, gefaltet,
gedehnt, gestreckt, verzerrt,
auseinandergenommen,
zusammengesetzt,
geschmolzen und geläutert;

gediegenes plattgeklopft,
aufgetragen,
ausgestellt,
abgeblättert
und von eisigen winden
hinweggefegt.

Josefs krise

das schlimmste
was einem menschen
widerfahren kann
ist geschehen:

Josefs nachbar und
intimfeind
d i e s e s arschloch
Ludwig Liebermann
ist neulich weggezogen

er ließ Sepp allein zurück
mit seinem feindbild
seinen projektionen
seinem frust
seiner hässlichen frau
den aufsässigen kindern
und dem neurotischen hund

Grundig

plötzlich und ohne vorwarnung
ist Grundig gestorben
er war meinen söhnen
der liebste aller brüder

die trauer, sie währte lange
denn ihr wunsch
man solle doch alsbald
einen neuen adoptieren
wurde nicht erhört

nun sind neun monate um
und die söhne weinen nicht mehr
denn bald wird ihnen
ein neuer bruder geboren werden
sie streiten schon um den namen
Apple, Escom, Vobis, Compaq

mutter meckert
„mich fragt wohl keiner hier"
„nö", sagen die söhne
„aber wenn du schön brav bleibst
bekommst du vielleicht
ein schnelles modem"

schlecht in form

„die dachziegel müssen runter"
telefoniert Marianne
„ich kann jeden gebrauchen
der zwei hände hat
und bei dem alle bandscheiben
richtig sitzen - hast du zeit?"
„...jein", sage ich
und wünsche mir
einen streckverband
an den kleinen finger

pünktlich bin ich zur stelle
sechs stunden auf dem dach
ziegel runter, folie rauf
krampf und muskelzittern

du bist zum philosophen
und sherrysäufer verkommen
wie willst du all die kriege
und katastrophen überstehen
die noch kommen werden

- du bist verdammtnochmal
schlecht in form -

anderntags beschließe ich
nichts dagegen zu tun

liebe

es kommt nicht
darauf an
wen man liebt
sondern
dass man
überhaupt
liebt

dann ist es also
zufall
dass gerade
ich es bin
die du liebst

nein
sagte er

atem

im ausatmen
dir
im einatmen
mir

was uns
am leben
erhält

die
liebe

glück

wenn du dich
so lieben würdest
wie ich dich
liebe
dann wärst du
glücklich
auch ohne
meine liebe

so aber
bist du
nicht
glücklich
trotz
all
meiner
liebe

Fazit einer Dreiecksbeziehung

frauen

seid barmherzig
- sie sind es nicht -
sie sind gerecht

ich
ein schwein
ein mieses
auf jeden fall
ein arsch
den sie lieben
nur für sich
ausschließlich
unbedingt
bedingungslos

ich bleib euch treu
- versprochen -

sie pfeifen drauf
w ä h l e !
und **wehe**...

ich weiß
sie werden mir
gerechtigkeit
widerfahren lassen

trauer

ich habe dir
meine ganze liebe
gegeben

du hast sie
angenommen
und ich war
glücklich

du bist nun
nicht mehr da
und ich weiß
auf einmal
nicht mehr
wohin mit ihr

das stimmt mich
unsagbar
traurig

ich finde
so lange
auch keinen
trost

die ideale geliebte

sie kennt die angst,
mit einem typ, der ihr gefällt
ins bett zu gehen,

sie kennt die angst,
schwanger zu werden,

sie kennt die angst,
nicht attraktiv genug zu sein,

sie kennt die angst,
verlassen zu werden,

sie kennt die angst,
sich und ihre kinder
nicht mehr ernähren zu können,

sie kennt die angst,
alt zu werden,

sie kennt die angst,
loszulassen,

sie kennt die angst,
eins mit dem anderen zu werden,

sie kennt die angst,
sich fallen zu lassen,

sie kennt die angst,
nicht mehr gebraucht zu werden

und sie hat alle, alle diese scheißängste
überwunden.

macht

es gibt männer
die können alles

sind richtig
an jedem platz
wenn er nur
weit genug oben ist

sie managen
die sache schon

derweil
lebt das leben
sich selbst
ohne sich
um irgendeinen
von ihnen
zu kümmern

In einer Bar wie dieser

Du hängst voll drin
Du weißt das
Dir wird's schmerzhaft klar
wenn du in einer Bar
wie dieser sitzst
diese Musik hörst
die Leute beobachtest
und über dich nachdenkst

Da packt dich
die Sehnsucht
Nur weg hier
aus dieser Stadt
aus diesem Land
aber du bist
ein feiges Stück
Scheiße
und bleibst

Wärst du doch
vor Jahren
nach Amerika
ausgewandert
da könntest du
jeden Abend
in einer Bar
wie dieser sitzen
die Leute beobachten
dir deine Gedanken machen
dir ein einfaches Weltbild stricken
und es von jedem
bestätigen lassen
dem du
ein Bier zahlst

Du bist aber nicht in Amerika
du bist hier in Deutschland
und du kannst hingehen
wo du willst
du knallst immer gegen
irgendeine Wand

Da drüben
haben sie auch
Zäune
aber hier
da bist du
einbetoniert

Inzwischen sind die Wände
nicht mehr so hart
sie geben nach
als seien sie aus Gummi
Hihi, du bist in einer Gummizelle
das trifft´s noch besser
ein Irrer
der gegen die Wand springt
sie teilt
sie ausdehnt und ausbeult
und wieder zurückgeworfen wird

Aber auch das hat sich geändert
Inzwischen wirst du
nicht mehr zurückgeworfen
sondern eingehüllt
in Kaugummi
und zähe Zuckerwatte

Es gibt nicht mal mehr
eine Mauer
an die du
eine Lunte legen könntest
um sie in die Luft
zu jagen

Verflucht
wie willst du eine
Revolution
anzetteln
zum Terroristen werden
wenn jeder dir erklärt
dass die Politik
nicht schuld ist
sondern
das anspruchsvolle Volk
die Wirtschaft nicht
sondern die Konsumenten
und die viel zu hohen Löhne
und überhaupt...

überlebt

am anfang war vertrauen
und es war gut
dann kam die angst
und mit ihr zweifel und furcht
bis es zur gewissheit wurde
    : du bist allein
das wäre noch zu ertragen
aber nicht auch noch schwach sein
das kann tödlich enden

ich habe überlebt

hey kids

wir essen tockenes brot
damit nichts verdirbt
wir mühen uns dort
wo ihr müde abwinkt
wir gehen wege
die euch zu steil sind
wir haben das kiffen und das rauchen
nie angefangen
und dafür werden wir älter
als euch lieb sein wird

Heidi Danner

Gedanken

zwischen Himmel und Erde
zwischen
Sonne und Kometen
zwischen
Atomteilchen und Gasen
zwischen
kalten Brocken und
schmutzigen Schneebällen
zwischen
gestern und morgen
zwischen
Leben und Tod

mein Gedicht
nur meine Worte
gegen die Angst
vor der Ewigkeit

Wiedergefunden

In der Dämmerung Richtung Süden schauen
und die Sehnsucht kommen lassen
nach Licht und Sonne
nach Gebirge und nach Meer
nach Urlaub und Entspannung
und nach Liebe

feststellen, dass die Erinnerungen
geblieben sind
an traumhafte Sommer
an Leidenschaft

sie sind irgendwo
ich kann sie suchen
und finden
zu mir herholen
und feststellen
sie sind mir geblieben
meine Erinnerungen

ich habe sie vermisst
und wiedergefunden
in der Dämmerung Richtung Süden

Wenn der Weg endet

Irgendwann
kommt für dich und mich
das Ende des Weges
den wir zusammen gegangen sind

Irgendwann
schauen wir auf unseren Weg zurück
weil er nicht mehr weitergeht

Irgendwann
kommt für uns der Abschied
Wir schließen uns in die Arme
ein letztes Mal
Wir schauen uns in die Augen
ein letztes Mal
Es ist das Ende des Weges
auf dieser Welt

Wir haben Hochzeiten gefeiert
Porzellan, Silber, Perlen und Gold
Es ist der Tag der letzten Umarmung
der Tag, der endet
mit dem letzten Kuss
der Tag, der uns verbietet
den Weg zurückzugehen
der uns befiehlt
anders zu leben

Es ist der Anfang des Lebens
in einer neuen Welt
In der alten
lassen wir Kinder zurück

Einschreiben

Augenblicke
die soeben sind
kann ich festhalten
schriftlich
Was einmal war
zurückholen
Ich will aufwachen
in mein Leben schreiben
frei
voller Kraft
und mit dem Fühlen
von Veränderung
in mir
Die Gedanken fließen
Wohin?
Ich spüre die Sehnsucht
Wonach?
Ich will schreiben

Gewitter

Ich stehe vor dem Fenster
und öffne es weit
Ich versuche zu atmen
Die Hitze drückt
Die Luft ist schwül
endlich...
leises Grollen aus der Ferne
Das beeindruckende Schauspiel der Natur
beginnt
elektrische Entladung
ohrenbetäubendes Dröhnen
grelle Blitze
von der Wolke zur Wolke
von der Wolke zur Erde
von der Wolke zu mir
Veränderung
Der Wind schließt laut das Fenster
Die Hitze ist weg
Die Luft ist klar

Ich öffne die Türe
Ich will hinausspringen
in den Regen tanzen
frei, voller Kraft
mit der ständigen Suche
nach Neuem
und mit dem Fühlen
der Veränderung
in mir

Morgendliche Verzweiflung

Wie soll ich einen Tag beginnen
der schon verplant ist
bevor der Wecker klingelt

Wie soll ich einen Tag überstehen
der randvoll gestopft ist
mit Hausarbeit
und Terminen
mit Erziehung
und Beruf

Unter die Dusche muss ich gehen
jetzt
sofort
und mich hineinstürzen
ins volle Menschenleben

Ich will aber nicht

Widerstandsfähig muss ich werden
für den ganzen Tag
pausenlose Arbeit muss mich tragen
wie der Strom
den Schwimmer

Ich will nicht

Wie soll ich diesen Tag beginnen
so zerschlagen
noch so müde
müder als
am Abend

Bis unter das Kissen
dringt deine Stimme
Frühstück ist fertig!
Ob ich komme?

Ja, ich will!

Rolf Holzapfel

kleiner keim
umhüllt
von traum
zart
und fein
umhüllt von traum
wächst zur blume
wächst zum baum

Frei

seit gestern
keine Worte mehr
kein einziges Gefühl
seit gestern
regnet es nicht mehr
und keine Stürme toben
nicht mehr in Bausch und Bogen
nicht mehr mit hohen Wogen
nur kahl
durchpflügt der fahle Herbst
und tot liegt alles da
darüber kalte blaue Nacht
eisig kalt und klar

Nacht mit Hesse

Kommen aus dem leeren Raum
trächtig von Erwartung
saugen sie Gefühl
und spielen mit dem Sinn
spielen mit der dunklen Blume
säen Blumensamen in mein Herz
dunkle Blumensamen Scherz

ziehen dann lachend
ein paar Blumen in der Hand
lustig wieder fort

Denken nicht

Manchmal dachte ich, ich denke
Manchmal erschien es mir als wär ich frei
dann durchschwamm ich meine Grenzen
tat ich was ist mein
jenseits aller Grenzen
fremder Welten freie Luft
weiß ich bald nicht mehr was denken
weiß ich bald nicht mehr woher die.......
ring ich ebenso wie damals, unentwegt nach...
.... Luft
Aber denken gibt's nicht mehr
nur Geplätscher hinterm Zaun
alle Freiheit klebt an mir
alles Gute trägt nicht mehr
verschwindet jäh im Licht
was am Schluss noch übrig bleibt
nenn ich denken nicht

Sehn - Sucht

In den Adern verkrochen
mit goldenem Mund
weht der Wind dir ihr Locken
mutierst du zum Schlund

füllt sie dir lauwarm die Lunge auf
kratzt dir von innen das Hirn heraus
bettet dich zärtlich in warmer Brust
stillt dir sorgsam rohe Sucht

In den Adern verkrochen voll Ironie
In den Adern verkrochen vergisst sie dich nie

Liebe Worte

In jenen dunklen Morgenstunden
wo nur der Puls mein Leben taktet
schwer und träge das Blut die langen Kreise geht
mich lüstern, liebe Seele, hinab in ihre Tiefe zieht
hab ich nun euch
bald Stern am dunklen Morgenhimmel
bald tausend kleiner Vogelscharen
bald mächtiger Ballon
und Kraft genug
des Tages Licht zu atmen

Monika Krüger

Albtraum

Tage zerfallen wie Staub
Zeit zerrinnt zwischen den Fingern
Träume schwimmen
Wie kleine Gischtkronen hinaus ins offene Meer
Werden verschluckt
Versinken
Mauern stürzen ein
Neue werden gebaut
Partisanenkämpfer graben tiefe Tunnel in mein Herz
Mutige Zwerge schütten die Gräben wieder zu
Große Vögel verdunkeln den Himmel
Drohend türmen Wolkenberge sich auf
Blitze durchzucken die Nacht
Reinigendes Gewitter?
Schweißgebadet
Entsetzten
Minuten tröpfeln
Wie Tage
Quälend langsam
Ohne zu vergehen
Ich warte
Zitternd
Kann den neuen Tag im Nebel schon erahnen
Dunkle Gedanken verblassen
Schatten verkriechen sich in Löcher
Tau
Zart und zerbrechlich wie Glas
Schimmernde Perlen wie hingehaucht
Sonnenstrahlen küssen schon den nahen Wald
Stille
Ein leichtes Erzittern
Erwacht ist der Tag.

Ein Tag

Heute weder das eine getan noch das andere
Trödeln
die Zeit vorbeitropfen lassen
Ein Stuhlsitz entsteht
Binse an Binse
geflochten, festgezerrt
schmerzende Finger

Keine Geschichte heute
Keine Gedanken
Stehen geblieben
Nur geträumt.

Weiße Spuren in den Schnee ziehen
Tannenduft
Schneemänner umwerfen und die rote Nase essen
die Pudelmütze
ein Weihnachtsgeschenk!

Gespräche

Cafe,
Frauengespräche
intim und lustig
amüsant und ernst
Abhängigkeiten
Angst neue Wege zu gehen
Macht
von dir
von mir
festhalten
festkrallen
besitzen wollen
ersticken
meterhohe Gefängnisse ohne Schlüssel
verloren
die Leichtigkeit
Schweigen

Heilige Nacht

Ruhig sein
Still sitzen
Geduld üben
Vorsichtig sein, neues Kleid

Küsschen geben
Sich freuen
Überrascht sein
Und brav

Soll spielen mit den neuen Sachen
Plätzchen essen
Leise reden
Nicht streiten
Heute beschwören wir den Frieden

Herbst

Die Gummistiefel an
hinaus
in den Wind
die Arme
Flügel

Über Pfützen hüpfen
und mitten hinein
der Drachen
zerfetzt im Geäst

Rote Wangen
Finger
kalt wie Eis
Mamas tadelnder Blick
warm umhüllt
bei einer Tasse
Schokolade

Besondere Tage

Keine Geste
Kein Lächeln
Kein Verzeihen
Weihnachten
Geburtstage
Heuchelei

Jahre vergessen
Vergangenes wiegt nichts mehr
Gefühle hart wie Stein
Immer
Die gleichen Gedanken
Träume so schwer
Vorbei.

Wochenende

Quietschen
lärmende Menschen ausgespuckt
du
ich
ganz nah
dein Atem in meinem Haar
Sanft kitzelt er mein Ohr
Finger greifen Finger
vertraut
tausend mal geübt
deine Lippen weich wie Flaum
zärtlich auf meinem Mund
Wärme durchflutet den Körper
Ameisen überall
Du
bist wieder da.

Bettina Lindner

Früher

Mit Abscheu denke ich an jene Tage zurück
alle Minuten drückend voller Angst,
Angst vor jedem neuen Moment mit seiner Mühseligkeit
vor der riesigen Anzahl an Augenblicken
bis der Tag endlich vorüber geht.
Jeder Bruchteil einer Stunde schreit und erwartet von mir,
den Alltag wie alle anderen zu bestehen.
Jede Sekunde fordert mit der Härte der Helligkeit,
prüft mich, all dem standzuhalten,
bis die Dunkelheit mich schützend umhüllt,
um mir kurzes Vergessen zu schenken.

Ich hielt inne auf meinem Weg,
mir war als beglücke mich irgendwas.
Es war ganz nah und doch unendlich weit.
Glasklar war es und undurchsichtig,
mir wurde warm, mich fröstelte.
Es war mir fremd und doch mein Sein.
Ich fühlte unfassbar großes Glück
und sah das ganze Leid.
Es war gut und böse, war gestern und morgen.
Und wie ein früher Sonnenstrahl
dem ich begierig mein Gesicht entgegenstreckte,
so stand ich weiter da, ganz still verzückt,
da merkte ich, es war so klein,
dass ich es leicht verlieren könnte
und doch so groß,
dass es unübersehbar allgegenwärtig war.
Es gehörte mir und war doch nicht mein Besitz.
Gewissheit und Rätsel ohne Anfang, ohne Ende.
Es ging wie es kam,
schnell wich es langsam von mir
um ewig zu bleiben.

Kick

Sonne im Gesicht
Wind in den Haaren
Und meine Kinder lieben,
das ist der
Kick des Lebens

Wie schön du bist
in reinstem Weiß
in deinem Glanz
such ich den Trost
und lege mich
in schillernd Illusionen nieder
Doch dein Haar
ist ein Spinnennetz
und eine Maske nur
dein Angesicht
Die Dunkelheit
die um dich schwirrt
lässt nicht mal
einen Traum hindurch

Mich so zu nehmen
wie ich bin,
wissend, dass so manches
unveränderbar
die Zeichen
meiner Selbst sind,
ist ein endloses Bemühen
dessen Ziel
die Liebe zu mir ist.

Vorbei die Größe von gestern
Einem dürren Ast gleich
brach die Stärke
Unter dem Gewicht des Elends,
mags nicht schwinden
weicht nicht meinem Schrei´n.
Einer Träne folgen viele
und keine findet Heim.

Edith Lückert

Blutiger Mond

Glühend wie Lava,
Schwaden aus Licht und Schatten,
umgeben von düsterer Nacht.

Ergeben – wohl wissend deiner Macht über die Gezeiten –
liegt unter dir – schwer atmend – das dunkle Meer.

Mondin,
Königin der Nacht.

Wer erhört mein Gebet? Gott, die Menschen,
oder rufe ich zu dir,
wie einst unsere Ahnen?

Die Rose

Einfach so, hast Du sie mir
geschenkt,
einfach so.

Einfach so, habe ich dich dafür geküsst,
einfach so.

Mein Freund

Du schließt die Tür deines Zimmers.
Stört dich meine Gegenwart?

Du brauchst deine Ruhe, sagst du.
Ruhe vor mir?

Einmal war das ganz anders.
Da brauchtest du mich.

Nur Figuren

Nur Figuren, nichts Anderes.
Sie töten nicht, verletzen nicht.
Stehen nur stumm da,
gebannt von des Bildhauers Meißel.

Wie gut es tut, sie zu betrachten.

Keine Willkür, kein Jähzorn.

Der Genuss des Wissens
– sie beherrschen dich nicht mehr –
sind machtlos.

Du könntest Steine werfen – wenn du magst.

Magst du?

Lass es, denn Regen fällt auf die Figuren,
wäscht die Makel ab.

Reich

Als bei Nacht ich dich zugedeckt,
hast im Traum du die Hand nach mir ausgestreckt.

Als ich dich am Morgen geweckt,
hast im Erwachen die Arme nach mir gereckt.

Hast sie gelegt um meinen Nacken,
warm und weich.

Weiße Tauben

Weiße Tauben auf der Piazza.
Roter Wein im kristallenen Glas.

Talare, schwarze Roben,
bunte Masken im Taumel des Karnevals.

Sind wir weiß, rot oder schwarz?

Wintermond

Wintermond dein kühles Licht,
berührt heute Nacht die Erde nicht.

Nebel steigt auf,
mit sanftem Flügel
trägst du ihn sanft
über die weißen Hügel.

Zauber, Träume, Fantasie,
die Nacht ist erfüllt mit weißer Magie.

Zeigst du mir den Weg
in die große Nacht,
kühles Licht,
leite mich sacht
über den letzten Hügel.

Wintermond schenke mir Flügel.

Winfried Moosmann

Weideglück

Kühe
saftiges Gras
keine Kuhglocke
und kein Bulle
weit und breit.
Meistens tut's die Praktikantin
Sonntag ist's schon,
wenn der Tierarzt selber kommt.

Lyrik
modern

Worte
prall schwanger
mit Gedanken
die gieren nach
Verstandensein
gezeugt
ohne Aussicht
auf Geburt
in irgendeinem Kopf
Und dann -
doch Beifall
schmerzend
viel zu laut -
Kaiserschnitt gefällig?

lich

Morgenröte scheint nur rot, ist aber eher rötlich
Und viele Reden sind zwar laut, jedoch nicht redlich.

Wer christlich ist, fragt Gott - im Chor und auch allein:
„Warum, oh Herr, ist es so schwer ein Christ zu sein?"

Das Menschsein fällt mir so unsäglich schwer -
Wie schön, wenn ich nicht allzu menschlich wär!

Fortschritt

Einst glaubte ich, es wär die Lieb,
was mir die Röte auf die Wangen trieb.
Nur ungern ließ ich mich dazu bekehren,
dass Hormone mir das Glück bescheren.

Heut, wenn brennend heiß mein Sehnen,
weiß ich: das kommt nur von den Genen.
Allein entgegen allem Forschertriebe
schwör ich, mein Schatz, bei mir ist's Liebe.

Frühling

Die Finsternis weicht längren Tagen,
langsam höher zieht die Sonne ihre Bahn.
Der Winter soll sich seiner Kraft entsagen,
der Schnee entschwindet wie ein bleicher Wahn.

Feuer lodern allerorts empor,
kämpfen wütend gegen Tod und Nacht,
zwingen wärmend frischen Saft hervor,
beschwören neu des Urtriebs Macht.

Altes Holz wird Asche geben,
Funken sprühen weit empor.
Aus der Wärme quillt das Leben,
küsst wach, was kalt und starr zuvor.

Die Erd erwacht, kommt neu zu Sinnen,
saugt gierig aus der Sonne Kraft
für ihr wiederkehrendes Beginnen,
welches neue Wunder uns erschafft.

Jenen, welcher offen für des Geistes Walten,
durchrinnt ein ahnungvoller Schauer
und er spürt den Drang zum Neugestalten
der Natur für eines Umlaufs Dauer.

Eingebettet in der Sterne Singen
durcheilt die Welt den Raum, die Zeit.
Selbst die kleinsten Teilchen in den Dingen
summen mit das hohe Lied der Ewigkeit.

Sommer

Kraftvoll sprießt das Grün der Bäume,
Blüten locken mit gar bunter Pracht,
auf dass nichts die schöne Zeit versäume,
die alles wieder fruchtbar macht.

Steil von oben schickt die Sonne Pfeile,
sie verzehren rasch des Morgens kühlen Tau.
Linden Schatten sucht in Eile
Mensch und Tier in Burg und Au.

Nach des Tages jämmerlicher Hitze
ziehn Wolken auf, drohend, voll Gefahr
Übern Himmel zucken grelle Blitze,
jäh verstummt, was vorher laut und mutig war.

Endlich öffnen sich die Pforten,
Regen strömt auf Stadt und Land,
erquickt mit Leben statt mit Worten,
zeichnet Runen in den Sand.

Schwer neigt sich der Halm zur Seite,
Früchte werden langsam nun zur Last.
Junge Schwalben schauen aus dem Nest ins Weite,
gönnen ihren Alten keine Rast.

Allmählich, ganz allmählich, spüren
alle Kreaturen das Gefühl,
wohin des Jahres Läufe führen:
Reife heißt das angestrebte Ziel.

Herbst

Kühle Nächte lassen langsam ahnen,
dass die Ernte bald beginnt.
Der Wind spielt in den Wetterfahnen,
groß ist nun das Schwalbenkind.

Fadenkunstwerk ziert die Hecken,
Blätter flammen auf in gelb und rot.
Rosen blühn an allen Ecken -
blühen prachtvoll in den Tod.

Gemäht und dann zu Stroh geschlagen
wird der Halm, dem Zweck gemäß.
Er träumt von den vergangnen Tagen,
als er noch hielt des Korns Gefäß.

Die Schwalben sind längst abgeflogen,
bunte Blätter wirbeln durch die klare Luft.
Wo gestern schwere Wagen heimwärts zogen,
verbreiten heut Kartoffelfeuer herben Duft.

Endlich Stille wirds in Feld und Hain,
alles sehnt sich nach verdienter Ruh.
Und was müde von des Daseins Pein
deckt der graue Nebel gnädig zu.

Winter

Die Natur versinkt in tiefes Schweigen,
kahl ragen Baum und Strauch empor.
Der Wind tanzt seinen wilden Reigen,
schneidend kalt wie nie zuvor.

Hart wird nun des Ackers Scholle,
auf dem Teich wächst zaghaft dünnes Eis.
Die Schafe freuen sich ob ihrer Wolle,
im Kamin brennt knisternd dürres Reis.

In eines Morgens fahlem Scheine
zeigt sich die Flur in weißer Pracht.
Schnee bedeckte Wald und Haine
still, barmherzig über Nacht.

Zärtlich schützt die weiße Decke
der Erde Gut vor kalter Pein
und in dem sicheren Verstecke
ruht sich aus das alte Sein.

Kaum spürbar schlägt der Puls der Erde,
scheinbar nur ist ihre Grabesruh.
Unfehlbar und mit heimlicher -Gebärde
strebt, was ist, dem neuen Leben zu.

Verborgen für die groben Sinne
sammelt sich unbändge Kraft
für die Zeit, die bald auf's neu beginne,
für den nächsten Teil der Wanderschaft.

Wolfgang Nachbauer

Einfremdung

Abgesegnet
in den Tiefpunkt
der ringstädtischen
Armenviertel,
verelendet, eingeslumt
zwischen
fröhlichem Kinder
geschrei und
gleichgültigem
Dahinvegetieren.
Er zählte
die Jahre nicht
mehr,
zählte
nur winzige Fort
schritte
noch,
Hilfstropfen
auf krassnackte Not,
eingekerkert
im Kreislauf
beständigen Mangels.
Niemand (er)kannte ihn
Zuhause,
auf der Straße
als Asylbetrüger und
Wirtschaftsparasit
attackiert,
ein Fremder
nach 20 Jahren
Entwicklungshilfe
zurück
aus Afrika.

Festträume

Ein
geträumt
in den Winterreigen,
das Fest
der tausend Lichter
ketten und kollektivem
Traditionsrummel,
Bazar der Geschenke,
der Gewissensspenden
und Gratiszuwendungen.
Dem Kindheitstraum
nahe gekommen und
doch unbeschwert
oft
den Blick
verloren
für
das Wesentliche
hinter
den Fassaden.
Noch nicht
aus
geträumt.

Festlichter

Eine Kerze
anzünden,
um die Stille
zu hören,
innehalten und rasten,
um Zuversicht
zu gewinnen, Hoffnung
zu schöpfen und
den Weg
zu erkennen.
Eine Kerze
anzünden
für die Schwachen, Hilf
losen, für
die Verzweifelten, die
Lieblosen, die Rücksichts
losen, für die
Verschlossenen.
Eine Kerze
anzünden, um
Brücken zu bauen, Ver
bindungen zu legen,
um zu verzeihen und
zu trösten.
Eine Kerze
anzünden
für dich.

Formsteine

Die Rohform
vorgegeben –
bearbeitet
durch die Werkzeuge
des Lebens
mit
ERZIEHUNGSfeilen,
GESELLSCHAFTSmeißeln und
SCHICKSALSschlägen.
Vorsichtshalber
die Kanten
gerundet.
Und manchmal
wird das Innere
sichtbar.

Herbstmorgen

Unbewegt
verharren knorrige Laubbäume
im herbstfarbenen Kleid.
Manchmal
löst sich ein rotgemustertes Blatt
aus wirrem Geäst,
flattert wie ein Schmetterling
hilflos
ins taunasse Gras.
Ein Tropfen nur, glasklar
rutscht langsam
von der Spitze eines Halmes
zur Erde.
Nebelschwaden,
getroffen von fahlem Morgenschimmer,
schweben über Wiesen,
streifen lautlos
dunkle Stämme.

Kopfgeburt

Nichts
am Hut haben
mit Poesie
und der Fundgrube,
die darunter liegt
im Kopf
der tausend Gelegenheiten,
der Illusionen und der ab
gelegten Träume.
Etwas Aufmerksamkeit
hinter dem Alltags
slang, hin
hören, er
tasten
wie Worte
Besitz ergreifen, Empfindungen
hervor
rufen.
Sprache lebt
in uns,
ein Ausdruck
lange gemalter Bilder, die
wieder auf
steigen und uns
treiben,
um dieses Gefühl,
das jetzt hervorquillt
zu binden,
an uns.
Nichts am Hut oder
nichts
darunter...?

Ohne Begleitung

Allein sein,
gehen,
wegfliehen.
Lärmstill
gegen den Rhythmus
des Fort-schritts
träumen,
los
lassen,
sich selbst bewusst
sein –
nur manchmal
ist es einsam -
ohne deine Nähe.

Steingut

Viele gehen
unbeweglich
ihren Weg
durch die Steinwüsten
ihrer eigenen Härte,
resigniert,
mitleidlos
und
gegen sich selbst,
verbittert
unzugänglich, doch
ganz cool
an ihrer geschliffenen
Oberfläche.

Aber vielleicht sind sie
im Grunde
gar nicht so
starr –
wie Steine eben –
hart und zerbrechlich.

Wahnsinnlich

Glucksend
die Gedärme hoch
geschleppt
in den Rachen
der Nouvelle Cuisine - ja
dieser verführerische Duft,
in winzig flüchtige Geschmacksmoleküle
verpackt,
dringt
bis in die letzte Hirnprione,
verschließt
augenzwinkernd
die Poren von Vernunft,
Bedenken und Mitleid.
Überlebenstraining
im Zeitgeist des Genießens.
Leise brutzeln die Gedanken
im Säftebad
der Vorverdauung
zu sinnlicher Genussvorstellung,
die lechzende Geschmacksnerven
an den Rand
eines Höhepunkts
bringt.
Wahntastische Aussichten.

Gerhard Pahl

Zum Licht

Er wuchs auf am Straßenrand
und spürte den Asfalt,
der bis an seine Wurzeln drang.
Er hielt dem Wind beharrlich stand,
der ihn oft wütend ansprang,
als sich seine Kraft zur Bö geballt,
oft sanft nach hinten zwang,
mit leisem Sang.

Eines Tages warf es ihn um.
Es herrschte weder Sturm,
noch ging der Wind,
allein er, weiß warum.
Er drehte sein Gesicht
im Fallen noch herum,
weg von der aufgewühlten Erde,
hinauf zum Licht.

Ein paar Jahre gingen still ins Land.
Noch einmal riss die Erde auf,
wo zuvor die Eiche stand.
Ein Birnbaumsprössling hob sein Gesicht,
weg von der aufgewühlten Erde
hinauf zum Licht.

Wenn der Herbst die gold´ne Farbe
in die Blätter mischt,
umschattet Trauer sein Gesicht,
denn seine Birnen schmecken nicht.

Wunschträume

In einem südlichen Park
fanden wir einen zierlichen Einzelgänger.
Auf seinem Namensschild stand:
Judasbaum.

Ihn pflanzen Du und ich
in unseren Garten.
In meinen Wunschträumen stelle ich
unter seine blühende Krone
eine Bank aus rotem Sandstein.

Auf ihr erleben wir
Hand in Hand
unseren Herbst
ohne Wehmut.

Flamme

Leuchte,
behütet inmitten von Feuern.

Bewahre,
bewahren dauert.

Rosi Raab

Der Wald

Der Wald
ein Dom
voller Melodien
es schöpft die Seele Kraft
hebt sich zum Gebet
das Auge trinkt
ein weites Tal
es wird gelebt
und überlebt
dich

Petra Schefold

Ich laufe los
mit mir
nehme mit
all das
was
mir hinterlassen wurde

meine Liebe
Lust
meine Ruhe
und Hoffnung

schaue
auf
zusammen gesammelte
Ansprüche
in mir
erahne
Schwierigkeit darin
und
vertraue
versuche trotzdem
mich
irgendwann wieder
irgendwo
in weiche Erde
fallen
zu lassen

JONAS

Ich sperre mich
Dir
unterdrücke
Dich
- mich -
entscheide
für Dich
mich gegen Dich
- ganz selbstverständlich -

und es ist

als
wäre es nicht so
wie es ist
- als
wärest Du nicht -
allein
dadurch
dass Du
- irgendwann -
nicht mehr bist !

Nur ich
Meer
das Elementarste
das Einfachste
am Leben
erleben
Ruhe
Nähe
- allein –
zwei Leben
miteinander vereinen
Gleichgewicht
suchen
für
eine Zeit
- nach Zeiten

Noch jetzt
spüre ich
das sich Sträuben
in mir
heimzukehren
- in die Fremde

Zu luftig
zu leicht wirkt sie
als könnte
sich etwas verbergen

„das schönste Leben"
meinten sie

Sie fügt sich ein
widerspricht
nicht
lebt ein schönes
luftig leichtes Leben
zerstückelt
Schmerz
Trauer und Angst
verstaut sie
in kleine Verbannungsräume
die sie
irgendwann
immer wieder
in ihrer geballten Masse
auseinander bröseln
lassen

Zwei Leben

brennen
zu
gleicher Zeit
gehen
nebeneinander her
- den Mittelweg
verachtend –
brechen aus
beugen sich
links und rechts
über den Bootsrand
wirken
öfters
unvereinbar
scheinen sich
manchmal
das Feuer
zu rauben
an Tagen
in Stunden
die vollkommen sind
oder
keine Zeit lassen
für den Gedanken
Glauben
an das andere
suchen
sich
ihren Platz
in sich selbst
bis sie
wieder
ihr Spiegelbild sehen

Sandra Single

Schleier der Vergangenheit
der die Zukunft beeinflusst –
weiche von ihr.

Schleier der Vergangenheit
der deine Seele einhüllt
und im Dunkeln lässt –
lass sie ziehen!

Schatten, die sich durch dein Leben weben,
schwarze Löcher ohne Grund –
stürz hinein und du findest dich nie wieder.
Fallen, die du dir selber stellst,
tote Erinnerungen an Schmerz, Verlust, verlorenes
Vertrauen –
streif sie ab, entzieh dich ihnen,
denn die Zukunft ist ein unbeschriebenes Blatt
und die Gegenwart die Hoffnung.

Susi Stigler

Bio-Energetik

Kopflastig
den Nacken erstarrt
vom Gewicht
der Gedanken
Stahlträgerbeine
gewachsen
aus dem Gefühl
aufrecht gehen zu müssen
- auf jeden Fall

Brandmale

Feuer gefangen
aufgewacht
als schon alles brannte
lichterloh.
Wenn die Flammen
bis zum Himmel flackern
ist es zu spät
zum Löschen.
Alte Scheunen brennen schneller.
Vielleicht ist es bald
überstanden
und ich steige wieder mal
aus der Asche
wie Phönix
- nur mit angesengten Flügeln.

Sternenklar
war die Nacht
er
hat mich geküsst

mit geschlossenen
Augen
dachte ich
an dich

- nur gut, dass sie heute
keine Hexen mehr verbrennen

Todsicher

Es gibt keine Sicherheit
keine Garantie
auf Menschen
auf Liebe
auf Treue
NICHTS IST SICHER
nichts zu lieben ist sicher
nichts zu wollen ist sicher
- nicht zu leben
ist am sichersten

Wolfgang Weigelt

Früher

Als ich jung war, sagte ich immer:
Wenn ich einmal groß bin, dann ....

Und jetzt, da ich älter bin,
stelle ich mir die Frage:
wann werde ich endlich groß?

Hoffentlich nie!

Trost

Mit traurigen Augen sagen sie ihm, er sei ein Mann in den
besten Jahren.
Sie müssen es wissen – in ihrem Alter.

Und mit seinen grauen Schläfen hätte er große Chancen bei
den Frauen.
Sie müssen es wissen – mit ihrem Geschmack.

Doch bei ihnen könne er nicht landen – signalisieren sie.

Tröstlich!

Von jetzt an sofort

Sie fragte:
Was bringt dir deine Zukunft?

Er antwortete:
Mehr Erinnerungen!

Die Autoren:

Brigitte Armschat
40 Jahre, Einzelhandelskauffrau
Preisträgerin beim Landes Lyrik-Wettbwerb 1999
und bei der Brentano-Gesellschaft 2001

Wolfgang Baumbast
46 Jahre, Finanzbeamter

Heidi Danner
46 Jahre, Lehrerin für Englisch und Französisch

Rolf Holzapfel
31 Jahre, Landwirtschaftsmeister

Monika Krüger
41 Jahre, Diplom Ing. (FH)

Bettina Lindner
37 Jahre, Krankenschwester

Edith Lückert
54 Jahre, Sekretärin

Winfried Moosmann
55 Jahre Verwaltungsbeamter

Wolfgang Nachbauer
44 Jahre, haustechnischer Facharbeiter
Preisträger bei der Brentano-Gesellschaft 2001

Gerhard Pahl
51 Jahre, Verfahrenstechniker

Rosi Raab
68 Jahre, Pensionärin

Petra Schefold
29 Jahre, pharmazeutisch – technische Assistentin

Sandra Single
26 Jahre, Chemielaborantin

Susi Stigler
40 Jahre, Geschäftsfrau

Wolfgang Weigelt
52 Jahre, Diplom Ingenieur